푸른사상 시선 152

속삭거려도 다 알아

푸른사상 시선 152

속삭거려도 다 알아

인쇄 · 2021년 12월 22일 | 발행 · 2021년 12월 31일

지은이 · 유순예
펴낸이 · 한봉숙
펴낸곳 · 푸른사상사

주간 · 맹문재 | 편집 · 지순이, 김수란, 노현정 | 마케팅 · 한정규
등록 · 1999년 7월 8일 제2-2876호
주소 · 경기도 파주시 회동길 337-16(서패동 470-6) 푸른사상사
대표전화 · 031) 955-9111(2) | 팩시밀리 · 031) 955-9114
이메일 · prun21c@hanmail.net /prunsasang@naver.com
홈페이지 · http://www.prun21c.com

ⓒ 유순예, 2021

ISBN 979-11-308-1880-1   03810
값 10,000원

본 도서는 (재)전라북도문화관광재단 2021년 지역문화예술육성
지원사업에 선정되어 보조금을 지원 받은 사업입니다.

푸른사상
시선
152

속삭거려도 다 알아

유순예 시집

푸른사상
PRUNSASANG

시시한 일상을 가미하는 억새의 노래입니다.

먼저 간 사람들

끼고 볼 사람들

가야 할 사람들

그 사람들과 함께 이 노래를 듣고 싶습니다.

2021년 12월

유순예

| 차례 |

■ 시인의 말

제1부

제2부

| 차례 |

제3부

제4부

제1부

땡고추

빨갛게 상기된 홍고추나
파랗게 겁먹은 풋고추나
막 따 온 땡고추가 맵다

땡고추 만지는 김에
요리조리 조리요리
말리고 찌고 절이고 볶고 삭힌다

쪼끄만 것이나
커다란 것이나
땡고추가 당차다

청양에서 진안으로 장가든
매운 고추
처가살이가 얼얼하다

자성화(自成花)

바싹 말라 죽은 꽃이 철마다 찾아와서 꽃씨를 뿌립니다
　칠십사 년 살다 간 꽃이 칠백사 년 살다 갈 꽃 농사를 짓
습니다
　흙의 말을 온몸으로 베껴 쓰다 보니 흙무덤이 되었다고
　바싹 말라 죽은 꽃이 스스로 피어서 꽃밭에 물을 뿌립니다

　향기만 맡아도 배가 부르다
　쪼들리지 않아서 살 만하다
　나를 이곳으로 데리고 온
　암, 그 양반이랑 한잔하는 중이다
　오늘 술은 내가 산다

　바싹 말라 죽었다 살아난 아버지가 권주가를 부릅니다
　칠십사 년 해로한 아버지가 칠백사 년 해탈할 집을 짓습
니다
　땅의 말 다 알아들었으니 하늘의 말도 알아야겠다고
　뽀얗게 되살아난 아버지가 으쓱으쓱 어깨춤을 춥니다

고추꽃, 더덕꽃, 도라지꽃, 부추꽃, 함박꽃……,

시시때때로 바꿔 입는

아버지 옷자락이 하늘하늘 학춤을 춥니다

앵화(櫻花)

— 2010년 4월 27일

아이 고! 아이고 아이 고!
배운 적 없는 영어를 잘도 하시던
아버지, 돌아가십니다

막바지 숨을 들이 삼키다 말고
황변 한 홉 기저귀에 남겨두고
숙면에 드신 아버지

아버지를 응급차에 모시고 호남고속도로를 달리는 중입
니다
아버지를 얕잡아본 악성종양
서울 큰 병원에서도 감당치 못한 그 후레자식을 깔아뭉갠
아버지 모시고 고향 산천으로 돌아가는 중입니다
툇마루에 앉아 잎담배 말아 태우던 토담집을 향해 달리는
중입니다
비켜! 비켜! 비켜!
응급차가 거푸거푸 고함을 칩니다
싹이란 싹 죄다 달려 나와 고개를 숙입니다

숯등걸처럼 까맣게 타버린

아버지, 우리 아버지

병구(病軀)에 뽀얀 벚꽃 피워놓고

하늘로 돌아가십니다

화융(化蛹)*

완전 탈바꿈을 시도하신 아버지는 누에였다

흙의 잎사귀를 따다가 다솔식구를 먹이셨다
'천둥 번개의 장난질에 오늘도 심심치 않았다'
흙이 쓴 일기를 읽어주던
아버지, 언제부턴가 배앓이를 하셨다
어떤 일자무식이 들이닥쳐
당신 멱살을 잡고 으름장을 놓고 갔다는
그날이 화근일 것이다
저 살자고 이혼을 선택한 딸년 덕분이다
그날 그 날벼락이
아버지 내장에 악성종양을 싸지른 것이다
삭여버리려 용을 썼겠지만
온몸에 불길이 번진 것이다
주삿바늘이 불러들인 먹구름을 팔다리에 휘감고
몸을 바짝 말리셨다
남은 양분
막잠 든 누에처럼 고개를 치켜세운 악성종양에 퍼주고

고치 속에 몸을 꽁꽁 가두셨다

완전 탈바꿈에 성공하신 아버지는 그렇게 번데기가 되셨
다

* 누에가 번데기가 됨.

사월, 새벽 비

오시네요
시들어 죽은
아버지

죽은 참나무에 표고버섯 종균 먹이시려고
못논에 우리구멍* 내시려고
더덕 농사 지어서 손자들 용돈 주시려고
두릅 뜯어서 오일장에 내다 파시려고
머위 뜯어서 된장에 무쳐 잡수시려고

새벽부터
농사 시작을 고하는
아버지 곁 목소리
시원시원하시네요

똑, 또르르

똑

!

* 논물이 빠져나가도록 논두렁에 뚫어놓은 작은 구멍.

감기

죽어라고 일만 하다 돌아가신 아버지를 보았네
당신이 두고 가신 삼밭에 오시어
죽어라고 일만 하셨네
새참 드시고 하세요, 아버지
죽어라고 속만 썩이던
딸년 목소리를 휙휙 갈아엎으셨네
묵묵히 쟁기질만 하시는
야윈 등짝이
멀찍이 이랑 끝에 걸려 있었네
아버지 이젠 안 아프지요?
아버지를 향해 목청을 높였는데
뜬구름 내려와
아버지를 보듬고 올라가버렸네

꿈에서 깬 나는
아버지의 손때 묻은 것들과
눈싸움을 하네

'길종'이라고 써놓은 낡은 삽자루 하나

처마 끝에 매달아놓은 수수 빗자루 몇 묶음
거동을 멈춘 경운기……,

목구멍이 퉁퉁 부어오르는 것이
한동안
죽어라고 콜록거리겠네

설사

저 원수 똥 받아내려고 개고생 참아낸 줄 알어?

부아가 치민 어머니
병든 남편의 똥 묻은 바지 벗겨
구린 푸념을 짓이긴다

저 주둥아리 받아치려고 발암(發癌)벽 세운 줄 알어?

구석으로 몰린 아버지
서울이 궁상맞다며
애먼 티브이만 째려본다

바지에똥지린놈, 당신이아니라, 당신을공격한, 불한당인줄
도모르는
아버지나
병든남편수발들기위해, 낯선도시큰병원을옮겨다니다, 울
화통터진
어머니나

마음 둘 곳 없어
마음에 없는 소리만 하신다

으드득 바드득!

병든 새의 날개에서
깃털 빠져나가는
소리 간당간당하다

황새체*

할머니는 징을 치다 영혼들 영접하러 가셨고

아무개는 법무 추다 자동차 바퀴에 깔려 죽었고
노숙자는 난무 추다 난간 아래로 떨어져 죽었고
촌뜨기는 농무 추다 농주에 취했고
웨이브는 제비춤 추다 제비에게 낚였고
복덩이는 엉덩이춤 추다 복남에게 걸렸고
개살구는 시건방춤 추다 나무에서 떨어져 죽었고

그들의 춤사위가 꽃상여로만 보인다는

아버지는 흙이 되신 지 십여 년째 잔디만 기르고
어머니는 내년에도 고추씨 더덕 씨 뿌릴 것이고
영식이는 지리산과 맞짱 떠야겠다고 술주정하고
부남이는 붓꼬리에 기를 모은답시고 비가 오는 줄 모르고
감나무는 가문 가지로 바람의 혀를 건드리다 재채기하고
호철이는 머리를 노랗게 염색하고 이어링을 하고 맥주를
마시고

자판을 밟고 다니던 나의 손가락은 황새체를 추고

아지랑이로 환생한 할머니는 비녀가 빠진 줄도 모르고 무
당춤 추시고

* 살풀이춤에서 황새가 나는 모습을 나타내는 춤사위.

야스쿠니 비둘기

— 외조부의 넋을 기리며

창씨명_국촌(구니무라) 청용(세이류)

본적_제국주의도 식민지군 썩어빠지면 다시 피리 557번지 출생

소속_15연대

소재지_뉴기니

신분_공원(工員), 공장(工長)

채용징용일_1942. 7. 3

사몰 년도_1943. 1. 2

사몰 장소_기루와 전쟁터에서 행방불명_요코하마 인사부장이 사망 통지 완료

공표 연월일_1944. 3. 31

전몰구분_전사 인정

상황_기루와 방면에서 ??작전 중 행방불명_육상전사

유골_없음

유품_없음

환송_1948. 2. 3

봉급_1,001엔

인양비_270엔

장례비_70엔

부조금_1,080엔

[**도장**_1959. 7. 31 야스쿠니 신사 합사 절차 완료]

경임아, 아버지 일본 갔다 올게 조금만 기다려

돈 겁나게 벌어 와서

우리 딸내미 잘살게 해줄게

친일파들의 꼬임에 걸려 태평양 전쟁터에 투입된 지 6개월 만에 '사망통지서'로 돌아오셨다는 외할아버지의 '해군 신상조사표'는 이 외손녀의 심장에 증서로 살아서 눈알 부라리고 있고요

첫돌 지나고 삼 일째 되는 어린것을 두고 일제의 강제노역 군인이 되셨다는 외할아버지 말씀, 그 말씀은 할머니가 되어버린 내 어머니 심장에 유언으로 살아서 꿈틀거리고 있고요

아버지, 아버지의 머리카락과 손톱은 이 딸내미가 볕 잘 드는 곳에 묻어드렸어요. 야스쿠니 신사인지 쓰레기인지 그곳에 발목 묶인 비둘기들의 서러움 달래주고 계실 아버지 명부라도 모셔오고 싶어요, 아버지.

폭격들이 먹어치웠을 아버지의 뼈와 살점들은 어느 구천에서 흩어져 울고 있을까요. 첫돌 갓 지난 어린것이 아버지 나이 세 곱절 하고도 열세 살 더 많은 할머니가 되었네요. 아버지가 잘라놓고 가신 머리카락과 손톱은 풍토화가 되어서 해마다 잡초들을 기르고 있고요. 삐걱거리는 삭신으로 아버지를 그리워하는 이 딸내미의 '연가(戀歌)' 들리시나요.

제사 지낼 때마다 주저리주저리
제사상 가득 차려놓는
내 어머니 넋두리가 초혼가를 부르고 있고요

나라야 내 나라야
제국주의도 식민지군 썩어빠지면 다시 피리!

딸아 내 딸아

태평양 전쟁터에 강제동원 되었다가 폭격 맞아 죽었다는
스물세 살 박청용 외할아버지의 넋은 흐느끼고 있고요

야스쿠니 비둘기는 지금도 대대손손 새끼 치고 있대요

마늘빵 세 개

배가 고팠나?

빵집 앞 가판대에 놓여 있는 빵들이 허기를 붙잡는다
주머니에서 돈을 꺼내는데
이거 얼마요
지나가던 할아버지가 마늘빵을 집어 들고 입을 여신다
이천 오백⋯⋯ 빵집 주인 말이 끝나기도 전
바지 주머니에 들어갔다 나온 할아버지
빈손이 허둥지둥 가던 길 가신다

마늘빵을 받아든 허기가 부랴부랴
앞서가는 할아버지 옆으로 슬그머니 다가선다
어르신 이거 많은데요 나눠 먹어도 괜찮을까요
잠시 머뭇거리던 할아버지 내민 손이 허기에 존댓말 하신
다
고맙습니다 잘 먹겠습니다

마늘빵 한 개 할아버지 손에 들려드리고

마늘빵 한 개 뜯어먹으며 집으로 걸어오는데
마늘빵 한 개 남는다

나도 그렇게 먹고 싶은 것 다 못 먹고 살았다

하늘 농장으로 마늘 심으러 올라가신 아버지
목소리가 남은 마늘빵 한 개 뜯어먹으며 웃는다

배가 고프셨나?

다래끼

알약 몇 알로 날 보낼 생각은 접어주시게

자네 속눈썹 뿌리에 세균처럼 스며들어
며칠만 묵었다 가면 그만이네
눈두덩이 벌겋게 부어오르도록
봐야 할 사람이 누구냐고
전하고 싶은 말이 무어냐고
캐묻지도 말아주시게
고름처럼 왔다가
고름처럼 살다 간 사람 여기 있다고 말한들
알아줄 이 누가 있다고
냉랭한 가슴 여기저기 기웃거리다
후한 가슴 만났을 때
허락도 없이
며칠만 투정 부리다 가면 그만이네
끙끙거리다 곪아 터지면 그만이네
육도를 헤매다 온
뜬것*의 속내 삭여준

자네, 자네 왼손에 연꽃 피네

알약 몇 알로 날 잡을 생각은 접어주시게

* 떠돌아다니는 못된 귀신.

홀가분해진 우리

— 시인 고(故) 강민 선생님을 그리며

바쁜데 먼 데까지 뭐 하러 왔어 인마!
너 자리 잡은 모습 보고 온 게
마지막 여행이었다
너를 기른 마이산과 용담호 참 기이하고 맑더라
조금 힘은 들었지만 즐거운 시간이었다

너도 생생하지? 그해 겨울
광화문 광장에 똘똘 뭉친 우리는
천막 치고 촛불 들고 입바른 소리를 외쳤지
정의는 그렇게 추위를 물리치는 것이다
진실은 그렇게 사람과 사람을 잇는 것이다
사랑은 그렇게 서로를 알아보는 것이다

이 꼴 저 꼴 쓴맛 단맛 다 보고 맛봤으니
나는 그만 멀리 여행이나 떠나련다
베를린으로 평양으로 태평양으로 대서양으로……
두루두루 다니면서
이승에는 없는 것들 실컷 구경하련다

다니다가 발길 붙잡는 곳 있으면
그곳에서 늘어지게 하품이나 하련다
울타리가 되어준 인연들 하나둘 떠올리며
슬그머니 미소나 지으련다

그러니 너도 그만 홀가분해지리라 믿는다
인사동 그 밥집에서 우리 만날 때마다
물 탄 소주 한잔하며 웃음꽃 피우던 그날처럼
나는 이제 홀가분해졌으니
정란 시인도 정 교수도 너도
나처럼 홀가분해졌으리라 믿는다
먼 길 배웅해준 덕분이다 고맙다 인마!

딴생각

아버지는 암 덩어리 떼어내러 하늘 병동에 입원하셨고
어머니는 농사지은 푸새들 이고 지고 할매 장터에 나가셨
고
부남이는 돼지갈비를 재워놓고 막걸리 한잔하는 중이고

표고버섯, 시금치, 돼지고기, 당근, 당면, 양파, 참깨
주방 가득 흐드러진 잡것들은 잡담이나 하고 있고

부남이는 낡은 앨범을 뒤적거리며 히득거리고
길종, 경임, 순분, 순예, 영, 연후, 영식, 순희, 순자
빛바랜 사진 속 가족들은
진안, 장수, 전주, 춘천, 일산, 서울
제각각의 물을 마시며 제각각의 꿈을 꾸고 있고

어머니는 곧 남은 푸새들 이고 지고 돌아오실 테고
아버지는 그 고얀 놈의 암세포를 짓이기셨을 테고

제2부

능이
— 산이 주신 선물

나를 만나고 싶거든 산으로 와

바람이 나비춤 추는 높은 산 능선 타고 올라와

산문을 지키는 독버섯이 검문할 거야

참나무 가족이 그늘 농사를 짓고 있을 거야

수정난풀이 까치발 디디며 반겨줄 거야

능선에서 살짝 벗어난 비탈진 곳에서

우듬지와 우듬지를 쓰다듬는 햇볕과 숨바꼭질하고 있을

거야

지그시 눈 감으면 나를 찾을 거야

나의 향기와 효능으로 사심을 사려거든

조심해

네가 밟은 잔돌이 비탈 아래로 굴러떨어지는 소리에 놀란

독사가 독하게 혼내줄 거야

속 좋은 사람만 가질 수 있는

나는 높은 산이 큰맘 먹고 내어주는 선물이야

나를 받아 가고 싶거든 빈 배낭 메고 올라와

'신들린 탑'이 낳은 설화
— 진안 운산리 삼층석탑

나는 흰옷 입은 할아버지

신성한 것이 나쁜이겠는가
말로 전해지는 이야기가 나쁜이겠는가
석탑이란 것이 나쁜이겠는가

돌이 되어서라도 전승하고 싶었네
내 기운
탑이 되어서라도 보존하고 싶었네
내 자리

전라북도 진안군 운산리 내후사동마을

산이 높아 못 온다는 핑계 대지 마시게
쉬이 쉬, 쉬이 쉬……,
산골 댓바람에 취한다는 낭설 믿지 마시게

과거와 미래가 공존하듯

문화와 관광이 공존하듯
여기 산마을에서 대대손손 번성하시게

꿈에서나 생시에서나
지그시 미소 짓는 사람 만나거든
그게 나인 줄 아시게
새 세상, 새 세상……,
새들의 노랫소리 들리거든
그게 나인 줄 아시게
하마터면
일본 땅 어딘가에 끌려가서 울고 있을 뻔한

나는 흰옷 입은 할아버지의 할아버지

뿌리면 거두리 산마을

주소 변경을 왜 이렇게 자주 했어요

월셋집 반지하 창문으로 도둑이 다녀갔어요
햇살 없는 안방으로 곰팡이가 스며들었어요
보증금을 올려달랬어요
허물고 재건축 공사한다고 나가달랬어요

호적초본의 질문에 위의 사실대로 대답을 못 했어요

도회지 생활 삼십여 년 동안
매년 한 번꼴로 이사 다닌 처지였어요
신랄하게 쏘아보던 태풍이 이참에는
나를 아예 고향 산골짝으로 날려 보냈어요

전라북도 진안군 뿌리면 거두리 산마을
산골짝에 안주하신 나의 뿌리와
그 발치에 터 잡은 나의 줄기들이

뿌리면서 거둘 만한 집 한 채 장만했어요

이젠 주소 변경이라는 번잡한 놈
얼씬도 못 하겠지요

어리벙벙역에서 또랑또랑역으로 갈아탄 억새

어떤 속물 피해 숨을 자리 찾아 떠났던 고향
삼십 년 곰삭은 녹초 되어서 돌아왔다네
정들지 않는 도시에서
흔들흔들 흔들거리다 돌아왔다네
변두리 낡은 집에서 셋방살이 전전했다든가
골골한 골목에서 삼삼한 밥상 차리던
그때는 그럭저럭 살 만했다든가
흐리멍덩한 기억도 기차게 차버리고

어리벙벙역에서 또랑또랑역으로 갈아탄 것이 역전이라네

허리 굽은 어머니가 역장이고
기반 다진 줄기들이 역무원이라는
억새의 또랑또랑역
또랑또랑역이 지어준 새 둥지에 입주해서
산들산들 산들거리는 중이라네
빌딩 숲에서 뿌리내리지 못한 몸

산들로 되돌아온 후에야 또랑또랑해졌다는

억새의 너스레가 만화방창하네

태평봉수대, 산천초목에 외치다

혼자 얼마나 심심할까

막걸리라도 사 들고 와서 따라드릴 것을
후회할 짬도 없이
태평봉수대는 많은 것을 품고 있다
봉수군도 없이 혼자
산맥과 산맥 사이에 용담호를 들여앉혔다
아홉 개의 봉우리 가족을 거느린 구봉산을 손짓한다
산마을과 산마을을 잇는 산길에 눈인사를 보낸다
돌담으로 사방을 두른 야무진 모습과는 다르게
이름 모를 들꽃 세 송이 기르고 있는 모습이 애잔하다
이끼 머금은 돌과 돌이
곰삭은 말과 말을 다독이는 모습이 숙연하다
돌과 돌 틈새를 빠져나가는 바람이 쉬쉬한다
태평하게 보이지만 태평하지 않은
태평봉수대, 산천초목에 외친다

말발굽 소리 사라졌어도

햇불과 연기 사라졌어도

나 여기 이렇게 버젓이 살아 있다

코로나 그따위가 무엇이냐

마이산 정기 불러

운장산 정기 불러

싸리나무 장병들을 불러

역병 그따윌랑 한방에 물리칠 것이다

산천초목을 내려다보며 토로하는

태평봉수대

혼자 얼마나 외로울까

밤느정이*

숙이 엄마 진이 아버지가 이번에는 민이네 보리밭을 깔아 뭉갰다네, 빨래터가 쑤군거렸다. 숙이네 집 굴뚝에 연기가 나지 않기에 가봤더니 찌그러진 냄비 혼자 마당에 엎어져 있더라니까, 방망이 소리가 마을을 발칵 뒤집어놓았다. 남의 보리밭은 왜 깔아뭉갰대요? 동생 똥 기저귀를 빨고 있던 애늙은이의 질문에 개울물이 쉬쉬거렸다.

다친 보릿대들이 일어서는 연습을 마친 그 이듬해 여름이었다. 숙이네 집 잡초들이 흔적들을 먹어치우고 울타리 밖을 어슬렁거렸다. 보리타작을 마친 까슬까슬한 허기가 귀엣말을 먹어치웠다.

애늙은이가 애 엄마가 된 이후에 알았다. 그해 보리밭을 깔아뭉갠 건, 숙이 엄마 진이 아버지가 아니라 물오른 밤나무 짓이었다는 것을, 꽃 핀 밤나무가 미끄덩한 제 향기에 제가 취해서 이 집 아낙 저 집 남정네를 보리밭으로 잘못 불러냈다는 것을, 그 귀엣말이 읍내까지 퍼져나갔다는 것을, 뒤늦게 사실을 알아챈 숙이 아버지가 고개를 꺾다 말고 식구들을 데리고 야반도주했다는 것을.

　진이 엄마를 태운 진이 아버지가 경운기를 몰고 달달달, 밭두렁을 내고 있다. 허우대가 반듯해진 개울이 파문을 쓸어내리고 있다. 남의 험담을 받아먹다 탈이 난 옛 빨래터가 닫았던 귀를 쫑긋 세우고 있다. 삭정이에 가려진 밤느정이가 목을 기다랗게 빼고 동구 밖을 내려다보고 있다.

　* 밤나무의 꽃.

망중투한

마당 가 장독대에 스며든
풀꽃, 풀꽃들이
키 재기를 하고 있다

마당 가 수도꼭지
쫑알쫑알
물총을 쏘아대고 있다

장독대 앞 늙은 어머니
느릿느릿
늦가을을 절이고 있다

10분 24초

엄마 뭐 해 어디야? 밥은 먹었어? 나는 어제도 밤새도록 비 맞으며 GOP 보초 서고 내려왔는데 온수가 끊겼네, 엄마가 보내주신 천연비누 향이 참 좋네, 내 피부랑 잘 맞아, 보디 클렌징은 이제 안 쓸래, 휴가 나가려면 피부 관리 좀 해야겠지?ㅋ 시험은 잘 봤어? 입대 후 살이 십 킬로그램이나 쪘는데도 사탕이 먹고 싶네

아들 잘 지냈어? 다친 데는 없지? 비 오는 밤이면 아들 생각이 더 나서 엄마도 밤잠을 설치는데, 뭐 필요한 건 없어? 아들 좋아하는 과자랑 사탕 한 박스 보내줄게, 살 뺄 생각 말고 잘 먹어야 해, 엄마는 아들 살찐 모습이 훨씬 좋아!ㅎ 편지지 갈피에 보낸 재스민 꽃잎은 잘 받았지? 그만 끊고 어서 가서 좀 쉬어라, 사랑해 아들!

10분 24초, 자대배치 받은 아들의 포상 전화 목소리에 얼었던 몸이 사르르 녹는다

늙은 호박

복숭아 나뭇가지 위
늙은 호박 한 덩이
묵상에 드셨다

애호박 때부터
사는 법을 수학한
수행자다

복숭아 나뭇가지 저만치
늙은 어머니
혼자 호미질하신다

어려서부터
체험 시를 써서 흙에 새기는
육필 시인이다

전라도 부추꽃

아따 겁나게 이쁘구먼 잉

서울 사람들은 나헌티
'솔'이라 허고
부산 사람들은 나헌티
'정구지'라 허고
국어사전은 나헌티
'부추'라 허는디
자네는 시방 나헌티
'백합'이라 혔는가

아따 참말로 고맙구먼 잉

어린 바람의 신혼집

신혼부부가 농사지으며 살던 토담집이었다
황토벽과 창살 문 놔두고
단열벽과 유리문 집으로
신혼부부 떠난 지 오래된 낡은 집이 되었다

어린 바람 부부 들어와 신방 차렸다

어린 봄이 신혼집 구경 왔다
창백해진 창살 문
허물어진 황토벽
틈새를 잡고 늘어진
흙먼지와 거미줄 털어준다

어린 새싹들 아장아장 뜰을 쓸고 있다
빗물 간장 담그는
항아리 새댁 배가 만삭이다

상자해파리

입과 항문을
꽉
오므려!

육십여 개의 가시세포마다
독을 품고 살지

너무나 투명해서
누구나 구경하지

뼈대 없는 족속이라고
깔보지 마!

브리즈번이 본관이야

씨방, 서로의 당도를 확인하다

누나는 꽃이 아니고
열매여 열매
바람을 다독거릴 테니까
절제, 절제하면서
누나 꿈 잘 키워가소

마음은 늘 지리산에 가 있다는
동생의 조언이
오래된 수첩에 적혀 있다

꿈자리가 심란해서 전화했네
절주, 절주하면서
자네 꿈 잘 키우고 있는가

꽃도 열매도 아닌
누나나
지리산도 마이산도 아닌

동생이나

당최 여물 생각을 않는
씨방 씨방들이
서로의 당도를 확인하고 있다

제3부

속삭거려도 다 알아

오줌 어르신도 잘 잤고
똥 어르신도 잘 잤는데요
배회 그 어르신은
밤새 오락가락하셨어요

노인 요양 시설 야간 근무자와 주간 근무자의
인수인계 대화를 귀담아들은
어르신, 병상에 누워
눈을 똥그랗게 뜨고 바라보신다
아흔여섯 살인 당신이
마흔한 살이라고 우기는
어르신, 굳어가는 혀로
떠듬떠듬 말씀하신다

소, 속삭, 거, 려, 도, 다, 알아!

치매꽃 1

너도 나처럼 늙어봐라

이제 좀 살 만하니까
말하는 법도
옷 입는 법도
잊어버리고
부뚜막에 쪼그려 앉아 감자밥 짓던
먼 기억들마저 가물가물하다
울었거나 웃었거나
아들이 아버지로 보이고
거울 속의 내가 죽은 어머니로 보이고
어느 시점에서 멈춰버린
기억들은 꽃으로 변했으니
시들 때까지
마를 때까지
지금처럼 오락가락 살기로 했다

너도 나처럼 피어봐라

치매꽃 2
― 어머니 그 어머니

새벽 다섯 시
세면대 앞에 엉거주춤 서 있는
어머니 새벽밥 지으시네
출근하는 아들 밥 먹여야 한다고
똥 만진 손을 변기 물로 헹구는 인지기능이
소복소복 뜯어 모은
기저귀 부스러기로 뽀얀 쌀밥 지으시네

무심히 흐르던 수돗물은 배수구로 달아나네
유심히 지켜보던 요양보호사는 기저귀를 갈아입히네

아들이 면회 다녀갈 때마다
'오빠 나도 데리고 가 잉?'
떼쓰는 줄도 모르는
어머니 그 어머니
새끼들 밥해주던 기억마저 기저귀 발진처럼 짓물러서
아침 식사 마친 오늘은 죽은 영감한테 가봐야 한다고
얼굴에 침을 덧칠하는
어머니 그 어머니 꽃단장하시네

치매꽃 3
— 그분의 말씀

야야 국수나 한 솥 삶으랑게 멋 허고 있다냐

밤 아홉 시,
그분 말씀하신다

예 어르신 시방 국수 삶고 있어요

밤 열 시,
그분 말씀하신다

야야 나락 비는 사람들 새참 갖다 주랑께 참말로 멋 허고
있다냐

밤 열한 시,
그분 말씀하신다

어르신 그만
들어가 주무실래요

휠체어 타실래요

아차, 말문을 꽉 닫은
그분, 후다닥
남의 방으로 들어가신다

치매꽃 4
— 동문서답형 노부부의 하루

딸들이 사다 준 과자 같이 먹을까?
저기 좀 봐 아기가 참 이쁘네
내가 누구야?
썩을 년들이 밥도 안 주네
밥 안 먹었어?
우리 아버지가 왔네
오줌 마리면 선생한테 말해 알았지?
잡았다 이놈, 자 이놈 먹어봐 맛나

당신 발가락을 움켜잡고 영감한테 먹어보라는 어르신이
나
요양병원 입원하기 전날
기억 잃은 아내 한 번 더 보려고 휠체어 타고 온 어르신
이나

지켜보는 하루가 붉다

산죽, 바람의 말을 해설하다

신분 따위 따지지 않는
바람 바람의 말에
산죽 산죽들 귀 기울인다

봐라 봐 라라라 춤 봐라 봐……,

힘에 부친 어린것 손 잡아줄 줄 알아야지
앞만 보고 달려갈 수 있나
옆으로 한 발짝 비켜주는 법도 가르쳐야지

바람의 말귀 알아들은
산죽 산죽들
바라춤 추며 해설하는 중이다

틀니 수행

마른 덤불을 비집고 나오는 쑥부쟁이처럼
음식물 찌꺼기들이 구석구석 박혀 있는
틀니, 틀니를 닦는다

쌩까야 와 안 오노? 퍼뜩 와서 날 좀 델꼬 가그라!

노인 요양원에 어머니를 맡긴 지 수 년째
쌩까고 있는 아들을 부르며 중얼거리다
아픈 침상으로 돌아가 아픈 몸 눕히는
아픈 이의 틀니를 닦는다

이년이 어디서 여자 속것을 들쳐!

기저귀 갈아드릴 때마다 엉덩이를 획획 들어주다가도
따귀를 갈겼던 손이 땡고추보다 매웠던
아픈 이의 아픈 기억을 씻어낸다

하루에 세 번 삼배하듯

수행하는

수돗물 소리 수상하다

인후염

어린것에게 젖꼭지 물린 채 토끼잠에 빠지던 참이었지
방구석에 쪼그려 앉아 때를 기다리던
코브라가 막무가내로 덤벼들었지
밀쳐내던 손을 그 손모가지가 휘어잡았지
걷어차던 발을 그 발모가지가 짓눌렀지
소리치던 목을 그 팔모가지가 졸라맸지
번갯불에 콩 튀겨먹듯 저 볼일 끝낸 그는 그제야
휘어잡고 짓누르고 졸라맸던 몸뚱어리를 풀어줬지
숨도 못 쉬고 캑캑거리던 그 시간
지독한 독기가 온몸으로 스며들었지
그날부터 여태껏 주기적으로 몸살을 앓지
기침으로 통증으로 염증으로
그날의 인후염이 불쑥불쑥 찾아와서 한바탕 휘젓고 가지
젖 먹다 잠든 어린것이 서른여덟 살 된
지금도 종종 다녀가는 그날의 독기가 독살스럽지

오타 혹은 오류

저장하기 글쇠를 누른다는 게
전송하기 글쇠를 눌러버렸다

동사와 동사가 동동거리다
앙감질하거나
정문으로 들어갔어야 정당했을
정규대학이나
쪽문으로 들어가서 황당했을
인간대학이나
오타와 오류가 오지랖을 떨거나

한 끗 차이의 오타가 오류를 야단친다
둘리대지 미!

제라늄 백일장

제라늄이 제출한 몽우리 시를 읽는다
썼다 지웠다 썼다 지웠다 썼다……,
습작 학습을 치렀을 법한 시를 고른다

기교 부리다 뒤뚱거리는 시
낯설게 하기엔 낯선 시
텐션이 없는 시
운율만 운운하는 시
예선 탈락이다

가타부타
군소리 털어버린 시
본선 진출이다

행과 행 사이에
끈기를 숨겨둔 시
대상으로 뽑았다

늦장마의 페로티시즘

제철 지난 뒤에 지는 장마는 늑장 부리지 않는다

외로움으로 그리움을 덮고 살든 관여하지 않는다
에로티시즘이든 페로티시즘이든 따지지 않는다
바람이 지나간 자리에서 촉수가 돋아나도 담담하다
다만, 빗소리가 장단 맞추며 거들던
봄날의 페로티시즘 향해 가끔 주파수를 맞출 뿐이다

늦장마 한 쌍 느긋하게 놀다 간 지표면이 축축하다

연리지

우리 인연 말릴 재간 없어요

꽉 잡은
손
놓지 말아요
우리

더할 것도
흉볼 것도
버릴 것도
없는

우리 간격 더 꽉 좁혀요

형상과 형체의 합장

너는 불상(佛像) 섬기고
나는 시상(詩想) 섬기지

무채색이거나
유채색이거나
가부좌 튼 심안으로

너는 시상 섬기고
나는 불상 섬기지

형상과 형체의
합장이
새 생명 빚을 것이니

식은땀

동백꽃 지고 난
몸에서
식은땀 핍니다

핏빛 가신
시든 꽃
꽃잎이 끈끈합니다

이성보다 동성이 더 끌리는 시력은
노안(老眼) 아니라
노안(蘆岸)입니다

몸엣것 가고 난
몸에서
맑은 꽃 핍니다

질투 가신
무심의 꽃
꽃잎이 간간합니다

그립니다, 붓글씨

까만 핏물
붓에 먹여
그립니다, 글씨

획과 획을 훈계하는
짐승의 털
호령합니다, 뒷짐 지고

소신공양 마친
소나무 까만 핏물
봉안합니다, 화선지에

사유 모르는 짐승의
빨간 핏물
환생합니다, 낙관으로

그리고 찢고 그리고
찢고 그리다 보면
쓰는 날 온답디다, 붓글씨

처서 무렵

목청 가다듬은
귀뚜라미
파김치 되어 퇴근한
내 귀에
시 읊어준다

입추와 백로
사이
입 삐뚤어진 모기 기절초풍이다

칠월과 팔월
사이
벼가 꽃을 피운다

풍년과 흉년
사이
처서 비 머뭇거리다 돌아간다

족두리 벗어 던지는

족두리 꽃

화장도 못 지우고 잠든

내 몸에 홑이불 덮어준다

바닥청소부 코리*

어차피 썩을 몸

주는 밥이나 처먹고
어영부영
물속 비위나 맞추라고?

사방을 가둔 유리 벽을 쪼며
손 없는 물이끼들 등 좀 밀어주면 어때
물오른 수초들 머리칼 좀 빗겨주면 어때
모래 방석을 들쑤시며 눈알 좀 부라리면 어때
터 싸움하는 미생물들 조목조목 타이르면 어때

거저먹는 게 싫어

구석구석 싸돌아다니다
앉은 바닥 청소 좀 하겠다는데
그깟 별명 들어주겠다는데

우에 것들이 내지른 똥이나 곱씹으며

뻐끔뻐끔

수중 풍월이나 읊으라고?

* 물의 저층에서 생활하는 열대어의 일종.

날다, 구피*

물의 말에 순종하던 지느러미가 거동을 멈췄다

이 년 살다 간 친구도 있고
오 년 살다 간 친구도 있다

삼신할미의 호통에
한 달에 한 번 산통을 치러야 했던
여름이 갔다

자식 농사 풍작을 마친 겨울
냉배를 앓던 수면이 나를 자빠트렸다
수면은 나의 거처였기에
앙탈 부리지 않고 적묵할 수 있었다

하늘의 말에 따라야 하는 지금

숨넘어가는 물고기를 살려보겠다는 시인의 가슴을 에돌
다

그의 율어로 다시 태어나는

나, 육계 학습을 마친 후에야 수중고혼(水中孤魂)에서 벗어난다

훠이 훠이

물 건너 고향에도 다녀올 수 있겠다

반짝 뜨겠다는 친구도 있고

마냥 뜨겠다는 친구도 있다

하늘 말을 알아들은 지느러미가 유람할 자세 취한다

* 물의 표층에서 생활하는 열대어의 일종.

제4부

소쩍새 새댁의 노래

갈색 줄무늬 원피스 차려입고
어둠에 콕콕
부리를 처박는 여름밤이야

벌레들과 옥신각신하면서도
숲의 입술을 밀치며
보고 싶어 안달하는 중이야

깐족! 깐족! 깐 깐족깐족!……,

서쪽으로 나들이 떠났다
그곳에서 한 살림 차렸다고 깐족거리는
서방 기다리는 중이야

갈색 줄무늬 원피스 벗어 던지고
덩달아 딴 살림 차리고 싶은
하소연 작곡하는 중이야

강주룡

고무신 한 켤레 값도 안 되는 나는 헌신짝이었네

고무 가루 난무하는 제화공장에서 일하자니 참담했네
하루 열다섯 시간씩 억세게 일하면서도
일본인 남성 노동자들 4분의 1도 안 되는 임금을 받자니
분했네
민족 차별, 노동력 착취, 식민지 자본 폭력!
분노들이 광목 한 필 찢어다 로프를 만들었네
죽을 각오로 올라간 을밀대 지붕 위에서
부당한 것들과 맞싸웠네
민족 해방, 노동 해방, 식민지 해방, 여성 해방!
해방 해방을 외치다
일본인들에게 떠밀려 투옥되었네
병든 몸으로 출감한 지 두어 달 후
서성대다 풀죽은 무덤에 드러누웠네
독립운동하다 죽은 남편 옆에 눕지도 못하는
나는 갈매흙과 재혼했네

3·1운동 101주년 기념하는 오늘

나 닮은 딸
체공녀(滯空女)는 고공에서 깃발춤을 추고 있네

헌신짝으로 오래 묻혀 있던
나 강주룡은 건곤감리로 다시 피어나
대한독립 만세!
외치는 중이네

만유인력상수

뉴턴의 만유인력 법칙에 나타나는 보편상수,
질량의 두 질점이 단위 거리만큼 떨어져 있을 때 작용하는
만유인력의 값 $6.6726 \times 10 - 11\text{m}^3/\text{kg}^2$,
기호는 G

울타리 주변을 서성거리는

집토끼는 산토끼의 일상을 체험하고 싶은 눈빛으로

네 개의 발을 가진

용은 황소의 소감을 듣고 싶은 눈빛으로

서로의 몸짓언어를 주고받아요

형상은 다르지만

성향은 비스듬한

집토끼와 용

둘은 서로 먹잇감이 다르다는 것을 알아요

입술, 이, 잇몸, 입천장, 혀, 인두

조음기관이 발달하지 않았다는 것도 알아요

앞다리보다 뒷다리가 발달한

집토끼가 용의 뿔을 건드릴 때는 거친 신음으로

호수에서 묻혀온 용의 습기가
집토끼의 꼬리를 움켜쥘 때는 가는 숨소리로
서로의 몸짓언어를 더듬거려요

집토끼와 용의 만유인력 법칙에 나타나는 보편상수,
질량의 두 질점이 거리를 조절하며 떨어져 있을 때 작용하는
만유인력의 값 ♂ × ♀ − ♡,
기호는 L

가는잎할미꽃

— 부순녀 할미꽃의 증언

4 · 3 후유증 신경통 혈변 설사 피비린내 처치하고 있수다

1949년 정월, 용강 내창에서 다리에 총 맞았수다

할아버지 할매 오빠 동생은 경찰이 쏜 총알 박혀 죽었수

다

애기 밴 사람도 동네 사람들도 죄다 죽어 있었수다

집들도 죄다 불길에 타버렸수다

피 묻은 바람이 나를 벙그물 엉덕에 업어다 주었수다

보리 한 줌 감자 댓 개로

궤 안에서 보름 동안 혼자 살았수다

영창이나 다름없었수다

총알 지나간 다리가 피고름을 짜내고 있었수다

꼬락서니가 귀신이나 다름없었수다

곳에서 '귀순하라'는 소리 들었수다

소 판 돈으로 병원에 가보니

다리가 붓고 살이 쩍 벌어져 있었수다

아까징끼나 바르고 붕대로 감아두는 정도가 전부였수다

걸을 수가 없어서 화장실도 못 갔수다

총 맞은 부위가 썩으면 찢고 뼈가 튕겨 나오면 찢고

그렇게 삼사 년 살았수다

당뇨도 오고 혈압도 높아지고 심장은 피멍 들고

썩은 고름을 숨긴 왼쪽 다리가 4·3 피멍을 증언했수다

죽어도 죽은 게 아니었수다

해마다 4월이면

한라산 기슭에 '가는잎할미꽃'으로 와서

음지마다 양지를 바르고 있수다

신구간*

우리 휴가 떠나고 없는
일주일 동안
미뤘던 일들 하시게

덜컹거리던 돌담도 수리하고
삐걱거리던 지붕도 수리하고
발라당 나동그라진 이삿짐도 정리하고
낡은 옷 홀러덩 벗어 던지는
묘소 앞 산밤나무도 베어버리고
늙은 어미 소가 어린 새끼를 품고 있던
외양간에도 도깨비가지 열매 주렁주렁 걸어두시게

천상으로 휴가 떠난
우리 새로운 임무 부여받고 내려오는 동안
그대 뜰에
참꽃나무 몇 그루 심으시게

동티나지 않을 것이니

* 제주도 세시풍속 중 음력 정월 초순경을 전후하여 집안의 신들이 천
  상으로 올라가 비어 있는 기간.

딴전부리다

술 한잔하자던 그이는 감가(酣歌)로
차 한잔하자던 그녀는 주훈(酒醺)으로
서로의 속내를 읽었다

트인 줄 알았던
그이 가슴은 아직 막혀 있었고
막힌 줄 알았던
그녀 물꼬는 이미 트여 있었다
막혀 있거나
트여 있거나
흥에 겨워 큰 소리로 부르는 노래이거나
취기이거나

속내를 읽었다는 것은 통했다는 것이다
다만 그 통로에는
새의 날갯짓과 서생원의 입방아가
굼실거리고 있다는 것을 알기에

술 한잔하자던 그이는 차를 마시고

차 한잔하자던 그녀는 술을 마시며
서로 딴전부리는 중이다

묵정밭

사람에게 체해서

나방 한 마리 받아들인 적 있어
한 해 농사는 그럭저럭 지었어
두 해째 봄이었어
쟁기질도 못하는 나방 한 마리 날려 보냈어
그가 뿌린 어린싹까지 뽑아서 줘버렸어
딱히 이십오 년
살점 떨어져 나간 가슴으로
소갈머리 없이 살았어

무뎌진 가슴도 가슴이라고

갈피 못 잡던 바람이 쉬어 간 적도 있어
천인 된 지 오래된
그가 가져다주는 잡초들에 삿대질도 해봤어
뿌리 난 잡초들은 나무가 되었어

무성한 나무들은 자기들끼리 눈이 맞아 새들을 낳았어

너무 오래 내버려두어

까슬까슬한

나는 드디어 숲이 되었어

새들에게 반해서

누드 비치 혹은 블랙스 비치

늙은 남자가 늙은 비너스 돌기를 세우고
젊은 파도의 젊은 비너스 양기를 받는다

멀리서 그 모습 지켜보던
늙은 여자의 늙은 다리가
파도의 뽀얀 속살을 맛보다
웃음보를 터트렸다

다음에는 우리도 벗고 놀자

까만 모래밭을 날름거리던 엄마 말에
까르르 까르르
딸아이가 배꼽을 뺀다
활공하던 행글라이더가 헛기침을 하며 스쳐 간다

젊은 파도가 늙은 비너스를 얕보는
늙은 여자가 젊은 비너스를 넘보는

알몸으로 여가를 즐겨도 시비 거는 이 없는

샌디에이고 해변

항암사 여승

까봐!

신입들의 신고식 구호라고 했다 복원 수술한 유방을 까발리고 평론하는 것이 유일한 낙이라고 했다 속세의 습관이 도량 한쪽에 찬밥을 내놓는다고 했다 길고양이들이 때때로 찾아와 그 찬밥을 먹고 재롱을 떨다 간다고 했다 그 덕에 머리카락 잡념이 뭉텅뭉텅 빠져나간다고 했다

까르르 까르르!

선방에 입주한 지 한 달 되었다는 여승의 염불 소리에 녹아난 웃음소리가 철딱서니 없다 유방암 치료를 위해 입원한 요양병원을 자칭 항암사(抗癌寺)라 불렀다는 그 여승, 이별 없는 나라로 출가했다 속세에서 고치지 못한 병 다 치료했다고, 달빛 가사를 흔드렁대며 웃고 있다

까봐!

통정

누가 먼저 사정(事情)했을까

밀어라 창문
들어라 바람

고층 아파트는 앵앵거리고
나는 종종 자지러지고
태풍은 헉헉거리고

남의 오르가슴 대신 느낀
바람은 딴소리나 해대고

누가 먼저 사정(射精)했을까

소주

북적거리는 술집에서 그 남자와 소주 한잔했다
출입문 쪽부터 훑어 들어온
젊은 광녀가 우리 앞에 서서 손을 내밀었다
'배고프면 여기 앉아'
그 남자 말 떨어지기 무섭게 안주를 먹어 치우는
젊은 광녀에게 소주 한잔 따라줬다
'갈 데 없으면 나랑 자자'
그 남자 말 떨어지기 무섭게
소갈머리 없이 웃고 있는
젊은 광녀 옆으로 그 남자를 확 밀어제쳤다
'몸이나 씻긴 후에 자든지'
말 같지 않은 말 한 대접 끼얹고
느글거리는 술집에서 나왔다
괭이잠에서 깨어난
다음 날이 띵하다

머리 감겨준 게 전부라고

죽은 지 십오 년 된 그 남자

색시비로 내려와 씨부렁거리다
북적거리는 술집으로 들어간다

그때는 주정 지금은 주전부리

통하지 않는 사람과 한잔한 게
울렁거렸어
지나가던 택시가 그런 나를 안고
줄행랑쳤어

수진동 네거리와 한잔 더 한 게 화근이었어

소주를 주정으로
저녁을 새벽으로
뒤재비꼬며
마시고 또 마셨어
덤으로 나온 홍합탕 국물이 뜨거웠나 봐
덴 가슴 물집 터진 지 오래인데
혀는 아직도 알딸딸해

통할 것처럼 덤빈 불똥에 주눅 들었던

그날의 주독이 아직도 떨떠름해

향교길 네거리가 숙맥으로 보여

발음이 배배 꼬여

척하지 마, 넌 시어빠진 주전부리였어!

왈가닥

명사 부사 따질 바에는 막걸리나 마시자는 여자

치맛자락 팔랑이는 게 거추장스러워

건빵바지를 즐겨 입는 여자

뚝배기 깨지는 소리로 말을 해놓고

슬그머니 미소 짓는 여자

가끔 서서 오줌을 싸보다가

혼자 낄낄대는 여자

술의 장난질에 치약으로 뒷물하다

거기에 불을 낸 적 있는 여자

밥숟가락 들고 화장실로 뛰어가다

왈가닥!

종종걸음으로 돌너덜길을 즐기는 그녀의 애칭이다

우리 집 바깥양반

첫날밤 치른 지 수 년째 티격태격하는 우리 집 바깥양반을 소개합니다.

바깥 여자들 품에 안기어 음주가무를 즐기던 우리 집 바깥양반, 얼마 전부터 마음을 고쳤나 봅니다. 옆에 착 달라붙어 없는 애교를 부립니다. 연시 한 바구니 사 들고 와서 입에 넣어주질 않나, 잠든 나를 깨워 사슴을 그려달라 보채질 않나, 비빔국수를 만들어달라 조르질 않나, 저러다 또 발동 걸리면, 바깥세상을 읊조리고 다닐 테지만, 타고난 역마살이야 바깥 여자들이 반겨줄 테지만, 달아나기 전에 확 잡아둬야겠습니다. 바깥을 더 좋아하는 우리 집 양반, 무릎 깨진 놈, 머리칼 뜯긴 놈…… 집 나간 새끼들 불러 모아 쓰다듬어주기도 하는
칭얼댈수록 맛깔스러운 시를 바깥양반으로 섬기길 잘했습니다.

유순예표 시 옷이나 몇 벌 더 지어 입혀야겠습니다

알싸한 깡패

고시촌에서 카페를 운영한 지
이 년, 이년이 깡패라고?

어서 오세요 뭐 드릴까요
얌전하던 입에서
어서 오너라 뭐 처먹을래
말끝마다 알싸한 고춧가루가 묻어 나온다
종종 오는 놈은 깔깔거리고
처음 오는 놈은 째려보다가
너는 웬 놈이냐!
당당한 농담에 얼떨결에 깔깔거린다
이모라고 부르는 놈
누나라고 부르는 놈
합격했다고 인사차 들르는 놈
그럴싸한 놈들 허다하지만
어쩌다 들꽃이 되었느냐 노래방이나 가자
헛물켜다 나동그라지는
불나방한테만 유독 깡패 흉내를 낸다

너나 가서 빽빽거려라

반격해야지 주문받아야지 안주 만들어야지

혼자 팔랑거리다 보니

입도 손도 까칠해졌다

아나 이놈아 이것이나 처먹고 속이나 차려라

동치미 한 사발 얼렁뚱땅 내놓는

이 년, 이년이 깡패라고?

아가, 어금니 좀 악다물어볼래?

……퍽!

구름 침대

어둠 재우려고 그랬나 보다

간밤 저녁에는 새까맣던
구름 침대
오늘 아침에는 새하얗다

석사교가 댓바람에 실려 보냈든
쉬쉬거리던
공지천이 개울물에 빨아 널었든

파란 이불 펼치며
뽀얀 민낯 뽐내며

오늘 새벽에도
구름은
빠르게 달려가고 있다

햇볕 재우려고 그러나 보다

풍어를 먹어 치운 홍어

달변가 풍어에 흥건히 취한 적 있지

작은 주둥이로 까만 밀어 싸지르던
그의 배설물 치우려다
헛구역질한 적도 있지
귀지 파먹듯
공간 이동을 과우처럼 해대는
그의 능글능글한 헛소리에
바, 바람의 말은 허, 허풍이지
받아치던 그날
실없는 풍어를 꼴깍 먹어치우고 홍어가 되었지

톡톡 쏘아대는 묘미 따라잡을 놈 없지

육필(肉筆)로 쓴 시

문종필

"몸엣것 가고 난/몸에서/맑은 꽃 핍니다"

체험 시(詩)

유순예 시인의 세 번째 시집이다. 이 글을 쓰고 있는 시기가 11월과 12월 사이이니 『나비 다녀가시다』(2007)와 『호박꽃 엄마』(2018) 이후 거의 4년 만에 출간된 시집이다. 출판 연도를 확인했을 때, 첫 시집과 두 번째 시집 사이의 간격이 10년 정도 존재하지만 꾸준히 작품 활동을 하고 있음을 알 수 있다. 죽을 때까지 현역으로 남는 것이 진정한 작가들의 꿈이라면 유순예 시인도 꼭 그렇게 되기를 희망해본다.

어쩌면 작품의 질이나 평가보다 더 중요한 것은 '나'의 방식으로 '나'를 갱신하는 것일 테다. 시집은 거울처럼 자신의 얼굴을 쳐다보는 행위이니 그 역할을 톡톡히 해준다. 그러나 이러한 경험은 특별한 것이 되면 안 된다. 깨닫고 성장하는 삶 자체는 보통

인간의 삶일 뿐, 그 이상도 이하도 아니다. 이러한 진폭은 더 이상 특별한 것이 특별하게 다가오지 않을 '때'까지 끊임없이 가슴 속에서 반복되어야 한다.

그렇다면 유순예 시인이 옳다고 믿었던 시의 모습은 무엇이었을까. 15년이라는 짧지 않은 시간 동안 시를 써온 당신에게 이 질문을 해본다. 본 해설은 이 장면을 좇아가는 것으로 시작해본다.

다행히 시론적인 맥락에서 논의할 수 있는 작품을 찾을 수 있다. 그녀는 어느 한 백일장 심사와 관련된 작품에서 자신의 소견을 다음과 같이 피력한 바 있다. 우선 시인은 기교 부린 시와 '의도적'으로 낯설게 직조한 작품을 부정한다. 여기서 의도는 운율도 포함된다. 시인은 이런 작위적인 작품보다 털털하게 "군소리 털어버린 시"를 옹호한다. 더 나아가 "행과 행 사이에/끈기를 숨겨둔"(「제라늄 백일장」) 작품을 좋은 작품으로 꼽는다. 어쩌면 이러한 취향은 있는 그대로의 진정성 있는 모습을 선호한 것일 수 있다.

복숭아 나뭇가지 위
늙은 호박 한 덩이
묵상에 드셨다

애호박 때부터
사는 법을 수학한
수행자다

복숭아 나뭇가지 저만치

118

늙은 어머니
혼자 호미질하신다

어려서부터
체험 시를 써서 흙에 새기는
육필 시인이다

—「늙은 호박」 전문

　가령, 위의 작품에서 시인은 복숭아 나뭇가지에 걸려 있는 애
호박의 삶을 중요시한다. 한 곳에 오랜 시간 묵직하게 삶을 살아
내고 있어서다. 그래서 애호박의 여정은 여정(旅程)이 아닌 수행
자(修行者)의 삶으로 바뀐다. 더 나아가 시인은 이 장면을 홀로 호
미질하는 어머니의 모습으로 변주한다. 그 이유는 어머니 역시
호박과 마찬가지로 수행자의 모습을 하고 있기 때문이다. 여기
서 멈추지 않는다. '수행'이라는 측면에서 엄마와 애호박의 관계
는 '시' 쓰는 행위까지 번진다.

　시인에게 농사하는 엄마의 뒷모습은 "어려서부터/체험 시를
써서 흙에 새기는/육필 시인"과 다름없다. 여기서 관심을 가져야
할 것은 "체험 시"이다. 어쩌면 시인은 이 방향으로 자신의 시작
(詩作)을 밀고 나간 것일 수 있다. 다시 말해 시인의 시론은 흙에
삶을 새기는 호미질의 철학이라고 부를 수도 있겠다.

　하지만 체험이라고 해서 '체험'만이 부각되는 것은 아니다. "신
분 따위 따지지 않는"(「산죽, 바람의 말을 해설하다」) 인격적인 올바름
도 함께 품는다. "바람의 말"(「산죽, 바람의 말을 해설하다」)에 귀 기울

이는 여유도 존재한다. 가끔은 부당한 것에 맞서는 강인한 기운 ("비위나 맞추라고?"(「바닥청소부 코리」))도 서려 있다. 이러한 요소들이 뭉쳐져 유순예 시인의 시집이 구성된다. '호미질의 철학'이 완성되는 것이다.

첫날밤 치른 지 수 년째 티격태격하는 우리 집 바깥양반을 소개합니다.

바깥 여자들 품에 안기어 음주가무를 즐기던 우리 집 바깥양반, 얼마 전부터 마음을 고쳤나 봅니다. 옆에 착 달라붙어 없는 애교를 부립니다. 연시 한 바구니 사 들고 와서 입에 넣어주질 않나, 잠든 나를 깨워 사슴을 그려달라 보채질 않나, 비빔국수를 만들어달라 조르질 않나, 저러다 또 발동 걸리면, 바깥세상을 읊조리고 다닐 테지만, 타고난 역마살이야 바깥 여자들이 반겨줄 테지만, 달아나기 전에 확 잡아둬야겠습니다. 바깥을 더 좋아하는 우리 집 양반, 무릎 깨진 놈, 머리칼 뜯긴 놈……집 나간 새끼들 불러 모아 쓰다듬어주기도 하는
칭얼댈수록 맛깔스러운 시를 바깥양반으로 섬기길 잘했습니다.

유순예표 시 옷이나 몇 벌 더 지어 입혀야겠습니다
　　　　　　　　　　　　　—「우리 집 바깥양반」 전문

그렇다면 시인에게 '시(詩)'는 어떤 존재일까. 이 질문은 꼭 필요한 것 같다. 호미질의 철학이 잉태되는 시작에 대한 물음이니 말이다.

그녀에게 시는 "달아나기 전에 확 잡아둬야" 하는 존재일까. "옆에 착 달라붙어 없는 애교"를 부리는 미워할 수 없는 대상일까. 분명한 것은 시인에게 시는 "섬기길" 잘한 존재라는 것이다. 섬기는 것은 잘 모시고 받드는 것이다. 그러니 벗어날 수 없는 운명처럼 시인은 오래도록 시를 품을 것 같다. 이번만큼은 이별하지 않고 오래도록 사랑하겠다.

가족

이 시집에서 찾을 수 있는 여러 흔적 중 가장 자주 등장하는 얼굴이 '아버지'이다. 시인에게 아버지는 어떤 존재였을까.

그녀의 아버지는 참 성실한 사람이었나 보다. "흙의 잎사귀를 따다가 다솔식구들"을 모두 책임졌다. 고생 끝에 낙이 오는 것이 일반적이고 그렇게 흘러가야 우리 같은 서민들은 숨 쉴 수 있는데 안타깝게도 현실은 현실보다 더 현실적이다. 고진감래(苦盡甘來)라는 말이 있지만, 이 말은 늘 항상 '모든' 사연을 책임져주지 않는다.

그 누구보다도 가족을 위해 애썼던 아버지에게 청천벽력 같은 일이 닥친 것이다. "아버지 내장에 악성종양"(「화융(化蛹)」)이 생겼다. 그 이후로 화자는 아버지 곁을 떠나지 못한다. 때론 아버지에게 닥친 불행이 자신의 탓인지도 모르겠다고 자책한다. 그래서 시인은 "죽어라고 일만 하다 돌아가신 아버지"(「감기」)를 평생 잊지 못한다. 유순예 시인의 세 번째 시집 1부에는 이런 사연들로 가득하다.

아니다. 1부를 넘어 시집 전체에서 이와 같은 조각들을 찾을 수 있다. 아버지는 그림자처럼 시인을 따라다닌다. 해가 소멸되지 않는 한 평생을 함께할 것 같다. 그러니 독자들도 이 슬픔을 만져보길 바란다. 슬픔은 함께 나눌 수 있는 것이니까.

글을 쓴다는 것은 무엇일까. 글이 아니더라도 화가나 만화가가 그림을 그리거나, 작곡가가 연주하는 이유는 무엇일까. 그것은 채울 수 없는 결핍 때문이다. 이 결핍을 존재론적인 잉여라고도 부를 수 있겠다. 누군가에게는 그것이 유머나 욕망(인정)일 수 있고 즐거움일 수 있겠다. 하지만 유순예 시인에게는 닿을 수 없는 가족에 대한 거리이다.

오시네요
시들어 죽은
아버지

죽은 참나무에 표고버섯 종균 먹이시려고
못논에 우리구멍 내시려고
더덕 농사 지어서 손자들 용돈 주시려고
두릅 뜯어서 오일장에 내다 파시려고
머위 뜯어서 된장에 무쳐 잡수시려고

새벽부터
농사 시작을 고하는
아버지 곁 목소리

시원시원하시네요

똑, 또르르
똑
!

— 「사월, 새벽 비」 전문

하늘에서 비가 떨어지고 있다.

화자는 "똑, 또르르/똑/!" 떨어지는 빗물을 바라보며 돌아가신 당신을 생각한다. 떨어지는 비와 자신의 손을 마찰시키며 "시들어 죽은/아버지"를 회상한다. 당신은 하늘에 계시니 빗물은 그리워했던 대상이다. 또한 빗물은 농부들에게 없어서는 안 되는 중요한 존재이니 빗물과 얽힌 아버지의 사연도 동시에 매달린다.

살갗에 묻은 아버지의 흔적은 대략 이렇다. 비 오는 날 물구멍을 내기 위해 바지를 걷어붙이고 논두렁으로 뛰어든 사람, 신세 지지 않고 손자의 용돈을 책임지기 위해 더덕 농사를 놓지 않았던 사람, 두릅을 뜯어 오일장에 내다 팔던 든든한 사람, 죽은 참나무에 버섯 종균 놓는 성실한 사람이다. 모두 생계와 관련이 있다.

아버지는 하늘에서 무엇을 하고 계실까. 출간된 이 시집을 바라보며 어떤 표정을 짓고 계실까. "하늘 농장으로 마늘 심으러 올라가신 아버지"(「마늘빵 세 개」), 조심스럽게 시인에게 다가와 작은 이마를 쓰다듬으며 너그럽게 웃어줄 것 같다.

시인의 아버지는 많이 아프셨다. 아버지가 많이 아프셨다는 것은 고스란히 가족에게도 책임이 전가된다. 아픈 아빠를 옆에서 돌봐야 했기 때문이다. 이 시집에서는 그 역할을 엄마와 딸이 주로 담당했던 것으로 보인다. 간호는 쉽지 않은 것이기에 엄마는 "마음 둘 곳 없어/마음에 없는 소리"를 하기도 했다. 이 말속에는 복잡한 감정이 숨겨져 있다.

저 원수 똥 받아내려고 개고생 참아낸 줄 알어?

부아가 치민 어머니
병든 남편의 똥 묻은 바지 벗겨
구린 푸념을 짓이긴다

저 주둥아리 받아치려고 발암(發癌)벽 세운 줄 알어?

구석으로 몰린 아버지
서울이 궁상맞다며
애먼 티브이만 째려본다

바지에똥지린놈,당신이아니라,당신을공격한,불한당인줄도
모르는
아버지나
병든남편수발들기위해,낯선도시큰병원을옮겨다니다,울화
통터진
어머니나

마음 둘 곳 없어
마음에 없는 소리만 하신다

으드득 바드득!

병든 새의 날개에서
깃털 빠져나가는
소리 간당간당하다

—「설사」전문

 직접 똥을 받아본 사람은 안다. 부아가 치민다는 사실을 말이
다. 아무리 가족이라고 하더라도 누군가의 아픈 몸을 돌보는 것
은 만만치 않다. 아버지 또한 생전에 아픈 몸을 스스로 통제할 수
없으니 딸과 아내에게 미안하다. "애먼 티브이만 째려"본다. 그런
아버지를 안고 보다 더 나은 병원으로 이동하는 것 역시 괴롭다.
어버지도 괴롭고 엄마도 화자도 모두 숨이 차다. 그럼에도 불구
하고 우리는 당신밖에 없다는 것을 잘 안다. 이 시집에는 이런 감
정이 숨겨져 있다. 힘들어도, 당신이 있어서, 행복했다고. 고마웠
다고. 독자들 '곁'에서 조심스럽게 속삭인다.
 누군가의 상처는 독자들에게 연민의 형태로 다가온다. 모순적
이지만 미래의 우리 모습과 크게 다르지 않아서다. 마음이 그래
서 더 움직인다.

 ## 치매

 이 시집에서 찾을 수 있는 또 다른 특징은 '치매'와 관련된 작품
이 연작시 형태로 묶여 있다는 점이다. 화자는 치매 환자들을 돌

보며 그들과 함께 지냈던 것으로 보인다. 그러니 독자들은 시인의 시선을 쫓아가 치매를 앓고 있는 어른들을 만날 수 있다. 치매는 미래의 병이기도 하니 걱정과 안쓰러움이 동시에 밀려온다.

너도 나처럼 늙어봐라

이제 좀 살 만하니까
말하는 법도
옷 입는 법도
잊어버리고
부뚜막에 쪼그려 앉아 감자밥 짓던
먼 기억들마저 가물가물하다
울었거나 웃었거나
아들이 아버지로 보이고
거울 속의 내가 죽은 어머니로 보이고
어느 시점에서 멈춰버린
기억들은 꽃으로 변했으니
시들 때까지
마를 때까지
지금처럼 오락가락 살기로 했다

너도 나처럼 피어봐라

—「치매꽃 1」

이 작품은 치매에 걸린 '화자'가 직접 자신의 병에 대해 토로한 작품이다. 화자는 갖은 고생을 했던 것으로 보이고 "이제 좀 살 만하니까" 몸속으로 병이 파고들었다. 화자는 억울하고 답답하다. 무엇보다도 병을 움켜잡을 수 없으니 가물가물하고 오락가락한다. 그러니 "너도 나처럼 늙어봐라"라는 노인의 말은 독자들을 멈추게 한다. 안타까워 안아주고 싶지만 나 또한 이런 과정을 겪을 수 있다는 마음에 한 인간으로 태어나 삶을 살아낸다는 것이 무엇인지 묻게 된다. 치매도 삶의 한 순간이니 꽃처럼 필 수 있을까.

야야 국수나 한 솥 삶으랑게 멋 허고 있다냐

밤 아홉 시,
그분 말씀하신다

예 어르신 시방 국수 삶고 있어요

밤 열 시,
그분 말씀하신다

야야 나락 비는 사람들 새참 갖다 주랑께 참말로 멋 허고 있다냐

밤 열한 시,
그분 말씀하신다

어르신 그만
들어가 주무실래요

휠체어 타실래요

아차, 말문을 꽉 닫은
그분, 후다닥
남의 방으로 들어가신다
　　　　　—「치매꽃 3 - 그분의 말씀」 전문

　화자는 치매 앓고 있는 한 노인을 지켜보고 있다. 화자는 그들
을 돌보는 직업을 가진 사람이다. 치매에 걸린 노인은 국수 삶을
것을 강한 어조로 요청한다. "나락 비는" 사람들에게 새참을 가져
다주라고 호통치기까지 한다. 하지만 화자는 불평하지 않는다.
친절하게 노인의 청을 받아주며 어서 주무시라고 타이른다. 하
지만 이 노인은 자신의 방으로 들어가는 것이 아니라 "남의 방"으
로 들어간다. 웃지도 슬퍼하지도 못하는 오묘한 상황이다.

　화자는 이런 상황을 통해 "그분"의 삶과 우리의 삶을 겹쳐놓는
다. 나이를 먹는다는 것은 무엇일까. 먼 훗날 우리는 행복할 수
있을까. 잘 늙을 수 있을까.

시인

　체험 시를 쓰는 유순예 시인의 삶을 잠시 살아보니 그녀가 어
떤 일생을 살았는지 다시 회상하게 된다.

　그녀는 "빌딩 숲에서 뿌리내리지"(「어리벙벙역에서 또랑또랑역으
로 갈아탄 억새」) 못해 "도회지 생활 삼십여 년 동안/매년 한 번꼴

로"(「뿌리면 거두리 산마을」) 이사를 다녔다. 하지만 끝내는 서울에 정착하지 못했다. 혼자 사는 어머니를 돌보기 위해 귀향한 이유도 있었겠지만, 집을 찾아 돌고 돌았던 긴 시간을 생각해보면 즐거운 날보단, 억샌 날이 더 많았을 것이다. 하지만 이제는 당당히 "집 한 채 장만"(「뿌리면 거두리 산마을」) 했다. 시인은 얼마나 기쁠까.

시인의 삶은 고달팠지만 행복한 사람이라는 생각도 든다. 그녀 곁에는 "서로의 당도"(「씨방, 서로의 당도를 확인하다」)를 물어주는 좋은 사람들이 있고, 2014년 이후 광화문 광장에서 "똘똘 뭉친 우리"(「홀가분해진 우리─시인 고(故) 강민 선생님을 그리며」)들의 우정도 소중하게 품고 있다. 무엇보다도 "엄마 뭐 해 어디야? 밥은 먹었어?"(「10분 24초」)라고 안부를 물어주는 멋지고 든든한 아들이 곁을 지켜주고 있다. 고생 끝에 '낙'이 찾아오기 시작한 것일까. 시인은 한국 현대사의 부조리와 모순에 대해서도 외면하지 않는 곧은 사람이다. 약한 존재'들에 대해서도 함부로 말하지 않는다. 그러니 우리는 그녀의 체험 '시'를 믿어도 될 것 같다.

화려하진 않지만 '나'를 넘어선다는 점에서 '보통'의 삶은 값지다. "몸엣것 가고 난/몸에서/맑은 꽃"(「식은땀」) 피어나듯이 멋진 길 당당히 걸어가시기를 응원한다. 그 길은 아마도 지금과는 다른 '낙(樂)'의 삶이 될 것 같다.

文鍾弼 | 문학평론가

---

1   유순예 시인이 사물을 대하는 시선을 두고 쓴 문장이다. 「어린 바람의 신혼 집」 「다래끼」 「날다, 구피」 등의 작품에서 확인할 수 있다.

푸른사상 시선 152

속삭거려도 다 알아